Immanuel Kant, Johannes Rudolf Immanuel Reicke

Kant's Rede De medicina corporis quae philosophorum est

Antigonos

Immanuel Kant, Johannes Rudolf Immanuel Reicke

Kant's Rede De medicina corporis quae philosophorum est

Unveränderter Nachdruck der Originalausgabe von 1881.

1. Auflage 2024 | ISBN: 978-3-38656-699-5

Antigonos Verlag ist ein Imprint der Outlook Verlagsgesellschaft mbH.

Verlag: Outlook Verlag GmbH, Zeilweg 44, 60439 Frankfurt, Deutschland
Vertretungsberechtigt: E. Roepke, Zeilweg 44, 60439 Frankfurt, Deutschland
Druck: Libri Plureos GmbH, Friedensallee 273, 22763 Hamburg, Deutschland

Kant's Rede

„De Medicina corporis quae Philosophorum est".

———

Mitgetheilt

von

Johannes Reicke.

Königsberg in Pr.
Gedruckt in der Albert Rosbach'schen Buchdruckerei.
1881.

Kant bezog im Herbst 1740[1]) die hiesige Universität anfänglich in der Absicht sich der Theologie zu widmen. Es war damals allgemeine Sitte in Preussen, dass auch bereits Studirende derselben aus den ersten Semestern ihre homiletischen Versuche auf den Kanzeln der benachbarten Landkirchen hören liessen,[2]) und so berichtet denn Borowski in seiner Biographie Kant's auch von diesem, er habe „einige male in Landkirchen zu predigen"[3]) versucht. Hier hätte derselbe also zuerst öffentlich gesprochen: wie oft und über welche Texte, ist nicht überliefert. Wie bekannt, entsagte er aber, als er bei Besetzung der untersten Schulkollegenstelle in der damaligen Domschule einem gewissen Kahnert nachgesetzt ward, allen Ansprüchen auf ein geistliches Amt, wozu, meint Borowski, „auch wohl die Schwäche seiner Brust mit beigetragen haben mag". Er mag sich damals also schon seiner Körperkonstitution nach nicht zum öffentlichen Redner berufen gefühlt haben. —

1746 (am 24. März) starb sein Vater und Kant brachte nunmehr

---

[1]) Er wurde am 24. Sept. 1740 immatriculirt.

[2]) Schubert, Imman. Kant's Biographie. S. 26, Anm. 1.

[3]) Darstellung des Lebens und Charakters Immanuel Kant's. Kgsbg., Nicolovius. 1804. S. 31, Anm. — Kant selber, bemerkt er dazu (er hatte diesem den Entwurf zu dem Werke vorgelegt), habe die betreffende Stelle der Handschrift, er wisse nicht warum, durchgestrichen; da der Inhalt doch wahr sei, so füge er sie als Anmerkung bei.

neun Jahre als Hauslehrer auf dem Lande zu. Erst 1755 war es ihm vergönnt den Magistergrad sich zu erwerben: am 12. Juni fand der öffentliche Act statt. Borowski schreibt über denselben folgendes: „Es war, ich erinnere mich's noch lebhaft, bei dem Promotionsakt ein seltener Zusammenfluss von hiesigen angesehenen und gelehrten Männern und bei der lateinischen Rede, die Kant nach der Promotion hielt,*) legte das ganze Auditorium durch ausgezeichnete Stille und Aufmerksamkeit die Achtung an den Tag, mit der es den angehenden Magister aufnahm."⁴) Damit zu vergleichen ist folgende Stelle in den „Wöchentlichen Königsbergischen Frag- und Anzeigungs-Nachrichten" aus jener Zeit:⁵) „Am vergangenen Donnerstage, als den 12. Junii, hat die hiesige Philosophische Facultaet, eine öffentliche Magister Promotion bey einem ansehnlichen Auditorio gehalten, und dem geschickten Candidato Philosophiae, Herrn Emanuel Kant, einen [sic!] Königsberger, die höchste Würde in der Weltweissheit conferiret: wobey der jetzige Decanus Facultatis, Hr. Doctor und Professor Ordinarius Johann Bernhard Hahn, als Brabeuta, eine ausführliche Rede aus der Jüdischen Antiqvitaet, von den Ehren Tituln der alten Juden bey ihren Academischen Promotionen, Rabh, Rabbi und Rabban, gehalten, den Actum selbst aber der neu creirte Magister mit einer Dancksagung von den[!] obern Catheder beschlossen hat." — Kant war damals schon als Schriftsteller aufgetreten, denn 1749 erschienen die (bereits 1746 verfassten) „Gedanken von der wahren Schätzung der lebendigen Kräfte" und 1755 anonym die „Allgemeine Naturgeschichte und Theorie des Himmels": nur so erklärt sich natürlich das Aufsehen, welches seine Promotion in der Stadt machte. — Was aber jene Rede betrifft, die Borowski also noch im Jahre 1804 abschriftlich besass und die er ein andermal als „sehr schön lateinisch gefasst"⁶) bezeichnet, so ist über

---

*) (Anmerkung Borowski's:) „Die Abschrift dieser Rede liegt hier vor mir. K. spricht darin vom leichtern und vom gründlichern Vortrage der Philosophie."

⁴) a. a. O. S. 32; danach Schubert, S. 34—35.

⁵) Sonnabends, den 14. Junii Anno 1755. No: 24.

⁶) Reicke, Kantiana, S. 34. — Vgl. auch Borowski, a. a. O. S. 166—167.

dieselbe weiter nichts bekannt; doch lässt sich wohl annehmen, dass sie noch irgendwo erhalten sein wird.

Noch in demselben Sommerhalbjahr, am 27. September 1755, vertheidigte Kant, um die Erlaubnis zu Vorlesungen sich zu erwerben, öffentlich „mit Beifall"[7]) seine Abhandlung „Principiorum primorum cognitionis metaphysicae nova dilucidatio" — und dann am 10. April 1756 seine „Monadologia physica". — Danach disputirte er erst wieder am 21. August des Jahres 1770, behufs Uebernahme der ordentlichen Professur der Logik und Metaphysik, gegen Marcus Herz als Respondenten aus der Reihe der Studirenden, über seine Dissertation „De mundi sensibilis atque intelligibilis forma et principiis". Ob er aber in diesen drei Fällen wirklich Reden (natürlich lateinische), wie doch bei seiner Promotion, gehalten habe, lässt sich wohl nicht mehr bestimmen. —

Kant selber achtete, wie übereinstimmend berichtet wird und wie aus seinen eigenen Worten in der „Kritik der Urtheilskraft"[8]) hervorgeht, die Redekunst nicht sehr hoch. Borowski sagt: „Er schätzte Wohlredenheit und bedauerte es, diese eben so wenig, als den klaren, gleich fasslichen Ausdruck (den er auch in gelehrten Vorträgen eben nicht so sehr nöthig hielt, damit dem Leser doch auch etwas zu eigenem Nachdenken verbleibe) sich in seinen Schriften ganz eigen machen zu können"; „Beredsamkeit" aber war ihm „weiter nichts, als die Kunst zu überreden, den Zuhörer zu beschwatzen. Ein andermal nannte er sie die Beflissenheit, Andre zu täuschen, zu überlisten, damit das, was doch keine überzeugende Beweisgründe sind, wenigstens dafür angesehen werde."[9]) Wald wird also wohl Recht haben, wenn er in seiner Gedächtnisrede auf Kant sagt, derselbe habe „höchst selten" und, so viel er wenigstens wisse, „blos bei seinen Disputationen und bei der Niederlegung des Rectorats öffentliche Reden"[10]) gehalten. Dieses bekleidete er aber nur zweimal, in den Sommersemestern 1786 und 1788; denn

<hr>

[7]) Borowski, S. 32.

[8]) Kant's S. W. v. Rosenkranz u. Schubert IV, 201 f. u. besond. d. Anm. auf S. 202.

[9]) a. a. O. S. 166. — Vgl. auch Reicke, Kantiana, S. 10 und 16 (Wald's Gedächtnisrede); Schubert S. 181.

[10]) Reicke, Kantiana, S. 16.

als ihn für den Sommer d. J. 1796 wieder die Reihe traf, lehnte er das-
selbe ganz ab. Eigentliche Reden nun hat er allerdings damals nur beim
Rectorwechsel halten dürfen, aber bei ein paar anderen Gelegenheiten,
die in jene beiden Semester fielen, musste er doch als Leiter der
Akademie hochgestellte Persönlichkeiten feierlichst begrüssen.

So traf ihn, wie Borowski erwähnt, „auch gerade das Geschäfte,
den K. Friedrich Wilhelm II. der hier im Königreiche die Huldigung seiner Unterthanen annahm, im Namen der Universität
anzureden und der König erwiederte sein Bewillkommnungskompliment
auf eine Art, die dem Philosophen sowohl, als ihm selbst Ehre machte." [1])
Dies geschah am 18. September d. J. 1786, [2]) einen Tag vor der
Huldigung. Leider ist die damals von Kant an der Spitze mehrerer
Abgeordneten des akademischen Senats gehaltene Ansprache ganz ver-
schollen; interessant wäre sie immerhin, wenn man sich freilich auch
nicht zuviel von derselben versprechen darf.

---

[1]) Borowski, S. 39. — Wald (Reicke, Kantiana, S. 8) sagt nur, dass „er dem
neuen Könige bei der hiesigen Huldigung, als zeitiger Rector vorgestellt" worden
sei. Jachmann, Imman. Kant geschildert in Briefen an einen Freund (Kgsbg.,
Nicolovius 1804) erwähnt jene Ansprache garnicht. Hamann schreibt in einem
Briefe an Hartknoch nur: „Unser verdienter Kritiker ist vom Minister Herzberg un-
gemein gnädig und unterscheidend aufgenommen worden, so auch vom König."
(Gildemeister, Hamann. III, S. 226.) — Schubert (S. 71) sagt, der König habe „den
Redner der Universität in seiner ausgezeichneten Stellung unter den Philosophen
Deutschlands" begrüsst: woher er aber diese genauere Notiz hat, weiss ich nicht
zu sagen.

[2]) Vgl. die „Acta Facultat. Philos. in Academ. Regiom." (Tom. VI) vom
Sommer 1786: „Die 19. Septembr. totum Regnum sedem praestabat nouo Regi
Friderico Wilhelmo II., qui ad hunc actum die 17. aduenerat; adque quem Ordines
Prussiae et Collegia die 18 salutandum in Arce Regia conierant. Ad hoc negotium
quidam ex Senatu deputati connocati erant" (pag. 599). Nicht mehr berichtet
auch die (von Manitius) anonym herausgegebene „Historische Nachricht von denen
Feyerlichkeiten welche bey der am 19. September 1786 von . . . Friedrich Wilhelm
. . . zu Königsberg in Preussen Höchst Selbst eingenommenen Erbhuldigung . . .
vorgefallen sind" (Kgsbg. Hartung. 4°.) unter dem 18. September (S. 10). — Dagegen bei der Huldigung selber am 19. Sept. (bei welcher in den „auf dem Schloss-
platz verfertigten und mit schwarzem Tuch behangenen Schranken" „die von dem
Landesdirector Herrn Kammerpräsident von Ostau geführte Ostpreuss. Ritterschaft
die Deputirte der Städte, der protestantischen Geistlichkeit und der Academie auf
der rechten Seite" standen) hatte Ostau allein „im Namen der Ostpreussischen
Landstände" den König anzureden. (S. 11—12.)

Wahrscheinlich würde auch auf sie das Urtheil Anwendung finden, das Schubert über eine andere im Konzept noch vorhandene kurze **Anrede** fällt, die Kant einmal **bei der akademischen Geburtstagsfeier des Königs an das Etats-Ministerium** gerichtet hat, nämlich sie scheine demselben „eine saure Arbeit geworden zu sein"; denn allerdings „man sieht es dem vielfachen Durchstreichen und der Erneuerung durchstrichener Worte an, dass es eine mühsam errungene Arbeit ist — und", setzt Schubert mit Recht hinzu, „für ihn selbst eine völlig werthlose." [13]) Dieser Entwurf aber, bisher noch nicht gedruckt, lautet so:

„Der Tag welcher der Welt unseren allertheuresten König gab ist „für unsere Universität ist für jeden Stand seiner treuen Unterthanen „ist selbst für ganz Europa so fern es einen auf Gerechtigkeit und „Menschlichkeit gegründeten und durch Macht gesicherten Frieden „liebt mit Recht ein festlicher Tag. Unsere hochstverpflichtete Univer- „sität wird heute durch ihren Redner ihre ehrfurchtsvolle und dankbare „Gesißnungen gegen ihren allergnadigsten Monarchen bezeigen. Ew: „Excellenzen die [?] geruhen in die Glückwünsche dieses Tages mit „froher Theilnehmung einzustimen und dieser Feyerlichkeit durch „ihre hohe Gegenwart Glanz zu geben."

Dann folgte die Festrede, und als Rector beschloss Kant den Act wieder durch wenige Worte:

„Das Opfer welches wir an diesem Tage unserem wohlthatigen „Monarchen brachten kan nur sehr schwach die Regungen der Ehr- „furcht und Dankbarkeit ausdrücken welche unsere Universität beseelen. „Die Wohlthat wodurch seiner Majestät nur neuerlich unserer dem „Verfall nahen Verfassung wieder aufzuhelfen huldreichst geruhet „haben hat sie zu verdoppelter Bestrebung in Ausrichtung der aller- „hochsten Absichten belebt. Auch verkent die Universität die gnadige „und weise Vorsorge nicht wodurch ein erlauchtes EtatsMinisterium „hiebey zum wahren Besten derselben mitgewirkt haben und empfiehlt „sich mit tiefster Verehrung Ew: Exc: fernerm Gnadigen Schutze „und Wohlwollen."

---

[13]) S. 181—182.

Nun hat Kant die von Seiten der Universität jedesmal veranstaltete Geburtstagsfeier des Königs Friedrich Wilhelm II. (am 25. September) sowohl im J. 1786 als auch 1788 leiten müssen, und dass er beide Male eine derartige Ansprache gehalten, bezeugen ausdrücklich die betreffenden Nachrichten in den „Königl. Preuss. Staats- Kriegs- und Friedens-Zeitungen". Diese melden nämlich 1786 folgendes: „Königsberg, vom 28. Sept. Montags den 25ten dieses feyerte die hiesige Universität und die Kgl. Deutsche Gesellschaft das hohe Geburtsfest Sr. Königl. Majestät Friedrich Wilhelms des Zweyten, zum erstenmal; jene, durch einen solennen oratorischen Aktus im grossen Hörsaal, in Gegenwart eines hiesigen Erlauchten Staats-Ministeriums und sehr vieler Zuhörer aus allen Ständen, die vom Akademischen Redner Herrn Professor Mangelsdorf durch eine deutsch geschriebene Einladungsschrift dazu eingeladen waren. Sr. Excellenz der Herr geheime Staatsminister und Curator der Universität v. Knobloch, beantworteten die vom Rektor der Akademie Herrn Professor Kant an ihn gehaltene Bewillkommnungs- und Danksagungsrede mit vieler Würde. Ausserdem dass der Herr Professor Mangelsdorf selbst in einer kurzen Rede diesen grossen Tag feyerte, auch, als Professor der Dichtkunst, zum Beschluss des Aktus, ein auf den grossen Gegenstand verfertigtes Gedicht im Namen der Universität austheilen liess, führte er zugleich einen allhier studirenden Jüngling, Herrn Friedrich Benjamin Leopold v. Knobloch, zweyten Sohn unsers verehrungswürdigen würklich Geheimten Etatsministers Herrn v. Knobloch Excellenz, auf den Akademischen Rednerstuhl, der zur Zufriedenheit des ansehnlichen Auditoriums, eine deutsche Rede, über den Patriotismus der alten und neuern Zeiten, zur Feyer dieses Tages, hielt." (Daran schliesst sich dann der Bericht über die Feier der deutschen Gesellschaft, den wir hier fortlassen.) ¹¹) — Und im J. 1788, in welchem Kant eben wieder Rector war, heisst es: „Königsberg, vom 27. Sept. Vorgestern, den 25sten d. M., wurde das eintretende Geburtsfest unsres von der Nation angebeteten Königs allhier gefeyert. — — — Um 11 Uhr hatte sich die Universität versammelt.

---

¹¹) 79. Stück. Montag, den 2. Octob. 1786. S. 633.

Ihr jetziger Rektor Magnifikus, der gelehrte und berühmte Herr Professor Kant, bewillkommte in einer gedrungenen kurzen Rede die Tagesgefühle der Akademie und den Zweck ihrer Versammlung. Sie wurde vom Kurator der Universität, des Herrn Geheimen Etats- und Kriegsministers, Oberburggrafen von Ostau Excell., beantwortet. Hierauf folgte eine feyerliche Musik und eine lateinische Rede vom Professor der Beredsamkeit und der Dichtkunst, Herrn Mangelsdorf, nach deren Endigung das zu dieser Feier von gedachtem Herrn Professor verfertigte Gedicht ausgetheilt und der Aktus geschlossen wurde." [15])

Schubert setzt nun jene angeführte Ansprache Kant's ohne weiteres in die Zeit „seines zweiten Rectorats" [16]); aus welchen Gründen, giebt er nirgends an; aber freilich hat diese Annahme mindestens mehr für sich als etwa die entgegengesetzte. Zunächst schon insofern als am ersten Geburtstage des neuen Königs (im J. 1786) sich doch irgend eine darauf bezügliche Bemerkung in den Einleitungsworten der Feier wohl erwarten liesse, — und ausserdem, wenn man die Ausdrücke der obigen Zeitungsnachrichten sehr genau nehmen wollte, so dürfte die zweite (vom J. 1788), nach welcher Kant damals „in einer gedrungenen kurzen Rede die Tagesgefühle der Akademie und den Zweck ihrer Versammlung" dargelegt hat, auf jenen Entwurf noch besser passen. Besonders aber müsste sich doch die Zeit bestimmen lassen nach der darin berührten „Wohlthat" des Königs. Und freilich kann mit dieser wohl nur die Vermehrung der Universitätsfonds durch einen jährlichen Zuschuss von 2000 Thalern gemeint sein: nämlich dieselbe erfolgte allerdings, wie es scheint, schon bald nach der Huldigung, [17]) aber erst durch ein Rescript der Regierung, gegeben „Königsberg d. 22$\underline{t}$ Octobr. 1787", [18]) wurde bestimmt, dass davon „die Gehalte der Professoren verbessert werden sollen". „Unser hiesiges Etats-Ministerium", heisst es darin, „hat nunmehro den in Abschrift beykommenden Plan, in was Art sothane Verbesserung am füglichsten auf eine

---

[15]) 78. Stück. Montag, den 29. September 1788. S. 626.

[16]) S. 181.   [17]) Vgl. Schubert, S. 71.

[18]) s. die schon oben angeführten Fakultätsakten: Winter 1787, p. 659—664. Zur Sache vgl. auch ebd., p. 643—646.

billige und gleichmässige Art geschehen könne, fertigen lassen" u. s. w. Da also diese Verfügung nicht vor dem 25. Sept. 1787 erlassen worden, so lag natürlich erst dem Rector für das Sommersemester 1788, Kant, die Pflicht ob für die der Universität gewährte Unterstützung bei der damaligen Geburtstagsfeier des Königs zu danken. Danach wird die obige Ansprache wohl aus diesem Jahre sein. —

Vor allen Dingen aber muss Kant doch auch zweimal bei der Niederlegung des Rectorats Reden gehalten haben [19]) und zwar gelehrte Reden, in lateinischer Sprache. Sollten diese auch verloren sein? Nun ist allerdings ein von seiner Hand geschriebener und von ihm selber mit „Orat. 1" [20]) bezeichneter Entwurf „De Medicina corporis quae Philosophorum est" vorhanden. Wann derselbe verfasst sei, lässt sich aber aus dem Inhalt nur insoweit bestimmen als es nicht vor 1786 geschehen sein kann, weil der Tod des Philosophen Moses Mendelssohn darin berührt wird, der erst am 4. Januar dieses Jahres erfolgte: möglicherweise rührt die Rede also noch aus demselben Jahre her. Sicherlich aber wird sie wohl für die akademische Feier des Rectorwechsels [21]) (diese fand im Jahre 1786 am 1. October und 1788

---

[19]) Borowski antwortet auf die Frage Wald's über Kant (8.) „Hat er academische Reden gehalten?" zunächst: „Nur das Compliment bei der Magisterpromotion, das sehr schön lateinisch gefasst war", setzt dann aber hinzu: „Bei der Ablegung des Rectorats muss er doch auch wohl geredet haben"; der Prof. math. und Hofprediger Schultz dagegen schreibt auf dieselbe Frage: „Nein! ausser bei Niederlegung des Rectorats." (Reicke, Kantiana S. 34. 38.) Jener ist also sicherlich nur bei der Promotion, dieser kann höchstens beim Rectorwechsel zugegen gewesen sein.

[20]) Weshalb, ist aus dem Inhalt nicht zu ersehen.

[21]) Kant folgte in seinem ersten Rectorate einem Professor der Medizin, Joh. Christoph Bohlius: da nun das erwähnte Konzept, wie schon die Ueberschrift zeigt, gerade das Verhältnis der Philosophie zur Medizin behandelt, so könnte man versucht sein anzunehmen, er habe sein Thema mit Bezug auf die Rede seines Vorgängers gewählt, und auch danach jenes in das Jahr 1786 setzen; aber Bohlius starb schon am 29. Dec. 1785 und kann also wenigstens selber nicht die übliche lateinische Rede bei der Uebernahme des Rectorats durch Kant (am 23. April 1786) gehalten haben. — Zudem hatte Kant ja überhaupt, wie Borowski (S. 113) erwähnt, „bei allem Nichtgebrauche Aerztlicher Hülfe für sich, doch Vorliebe für die Arzeneikunde und warme Theilnahme an den Erweiterungen und neuen Bereicherungen derselben z. B. durchs Brownsche System" (vgl. darüber auch Wald in Reicke, Kantiana S. 15): er kann also in diesem Falle sehr wohl auch ohne spezielle Veranlassung sich gerade diese zum Gegenstande seiner Rede genommen haben.

am 4. October statt) abgefasst sein: denn wann anders sollte Kant wohl Gelegenheit gehabt haben oder vielmehr genöthigt gewesen sein sich der Mühe einer derartigen lateinischen Rede zu unterziehen?

Erhalten nun ist dieselbe auf einem Foliobogen [22]) von grobem Papier: die vier Seiten und noch mehr die schmalen Ränder sind meist eng beschrieben; aber nicht alles betrifft das übergeschriebene Thema, sondern auf der letzten Seite finden sich besonders unter den Randbemerkungen in deutscher Sprache auch solche, die darauf keinen Bezug haben. Ziemlich häufig sind Worte oder ganze Sätze verbessert oder ganz umgeschrieben, an verschiedenen Stellen finden sich Einschiebsel, und ausserdem ist der Zusammenhang zwischen den einzelnen Seiten und innerhalb dieser wieder zwischen den Absätzen des Textes meist ein loser: nach alledem ist diese Arbeit eben nur ein Konzept und keine wohl disponirte Abhandlung, sicherlich aber auch so interessant genug, um hier veröffentlicht zu werden. Sie lautet folgendermassen:

„Orat. 1.“

„De Medicina corporis quae [23]) Philofophorum eft.

Curandum esfe, ut fit Mens fana in corpore fano.

In hoc comercio medicorum eft menti aegrotanti per curam corporis philofophorum autem corpori afflicto per mentis regimen opitulandi. Primo quanta menti vis infit ad omnes motus vitales vel promovendos vel impediendos praefertim in affectibus vel lippis et tonforibus notisfimum eft; huc pertinet illud impetum faciens Hippocratis. Verum nos tantum hic refpicimus quae continuo fiunt non tanquam ftatus extraordinarii naturam quafi concutiunt et ad vitam necesfario requiruntur. Primo vis imaginationis in fomno ad corporis fabricam agitandam et in vigilia fola meditatione debilitandam. Quomodo ventriculo per motus animi in confabulatione amica tamen vivaci opem ferre posfumus aut meditando durate coena fubtrahimur.

Apathia (mens ferena ridet, fub pedibus nimbos et rauca tonitrua

---

[22]) Das interessante Schriftstück befindet sich im Besitze meines Vaters.

[23]) Ursprünglich hat gestanden: „De Regimine corporis quod“; daraus ist zunächst verbessert: „De cura et Difciplina corporis quae“ und dann erst: „De Medicina corporis quae“.

calcat) quatenus confiftit in libertate a mentis propenfionibus quas proprie pasfiones vocant quae rodunt et exedunt praecordia aut vim vitalem compedibus quafi adftringunt talis inquam maxime comendanda eft. Aliter autem fentiendum eft de intimis ille [*sic!*] animi motibus quos affectus vocant qui impetu qvodam corpus pariter concutiunt qui fi non usque ad impotentiam intendantur falubres esfe posfunt. Affectus Gaudii indignationis in fermonis quendam ardorem effufae Admiratio quaedam timoris et fpei vicisfitudo quemadmodum fit in lufibus qui quanqvam fpeciem amici otii prae fe ferant [21]) ad fallendum tempus inftitutae tamen aperte [25]) auri cupidinem redolent multum ad corporis aegri comotionem faciunt potisfimum hanc ob caufam qvod mens nulli obiecto affixa pervagatur multa celeri motu et haec quidem ipfi non flocci pendenda.

Philofophus eft qui rationis coleudae caufa animum advertit rebus et hoc oblectamento veluti loto guftata omnes fenfuum illecebras et cupiditates contemnit. Sed qvoniam arduis civium officiis adftricti fumus [26]) necesfe eft ut tantum quafi occupati in otio non quafi negotio obruti ipfius hortos colamus — Sed corpus onuftum [27]) hefternis vitiis animum qvoque praegravat una atqve figit humo divinae particulam aurae. Difciplina corporis itaque habenda eft Philofopho proprie non e corporis cognito mechanismo fed ex experientia cognofcendi. Mendelsfohnii magni viri laudatores [28]) partim vni partim alteri eruditorum cum ipfo contendentium culpam mortis impingunt. Meo qvidem judicio nemo tam atrocis criminis [29]) infimulandus mihi videtur fed ipfa vitae ratio viri defideratisfimi in culpa fuit. Quanquam enim ad provehendam aetatem parum conducit cuticulam curare et moleftias refugere tamen difciplina corporis feverior et tanqvam duri potius et agreftis domini quam amici mentis noftrae fodalis ipfi fcripta temperantia vires ipfius fenfim exhaurit

---

[24]) Darüber geschrieben ist „mentiantur“.

[25]) Vorher hat „vere“ gestanden; Kant hat es ausgestrichen und „aperte“ übergeschrieben.

[26]) Kant hat zuerst geschrieben: „Sed qvoniam hic labore opus eft“, beim Durchstreichen der letzten Worte aber „eft“ stehen lassen.

[27]) Das Original hat zweimal „onuftum“.

[28]) Uebergeschrieben: „praecones“.

[29]) Im Original: „crimininis“.

qvo pertinet potisſimum tanta in abſtinendo quaſi intemperantia ob quaedam incōmoda quae plenum ventrem comitari ſolent ut tandem quaſi continuo eſuriens cum inſtinctuque naturae conflictatus non niſi meditationum ardui [*sic!*] indaginis helluo tandem [30]) tanquam lucerna oleo deſtituta naturae ſuis necesſitatibus fruſtratae debitum ſolvere coactus fuerit. Mea qvidem ſententia eſt una ſaltem coena [31]) cibo usque ad ſatietatem uti et quae inde reſultant incōmoda ſuſtinere donec corpus robur majus nactum fuerit. [32])

[32]) Quaeſtio eſt utrum in homine medicina facienda ſit eadem ratione ac in pecore ſervo ars quam vocant veterinariam. Qvi medicinam ſolum mechanicam ſectantur quales e Hoffmañi ſchola prodierunt poſterius [*sic!*] contendunt quantum nempe licet per fabricam corporis in utroqve animantium genere ſimilem. Qui poſterius [*sic!*] ſtatuunt quos vocant Stahlianos mentis vim inſignem in morbis ſanandis aut acuendis vim [*sic!*] celebrant. Philoſophi eſt ad poſterius advertere mentem.

Eſt enim in pecore quidem pariter ac in homine mira illa principii ſentientis et moventis facultas quam imaginationem vocant qua quae ſunt abſentia tanqvam praeſentia quae nunqvam fuerunt nec forſitan esſe posſunt ut vera animo ſiſtere posſunt. Verum in pecore haec vis non arbitrio qvodam ipſius animalis et deliberato propoſito regitur ſed agitur ſtimulis [34])

---

[30]) Die erste Seite ist hier zu Ende, mit einem Kreuz † wird auf das Folgende am Rande unten verwiesen.

[31]) Man vgl. hiemit, was Kant in seinem Schriftchen „Von der Macht des Gemüths" (Jena 1798) S. 31 f. sagt. (Kant's S. W. v. Rosenkranz u. Schubert, X, 375 f.)

[32]) Den übrigen Theil des Randes hat Kant noch zu folgenden Auslassungen benutzt (wobei wir die ausgestrichenen Worte nicht weiter berücksichtigen):

„In permultis animi morbis ubi imaginatio effera vel magna et inaudita ſonat „vel aegritudine oppresſa raris terriculamentis miſere affligitur mediam pertundere „venam quam mentem ſede ſua motam argumentis ad meliorem frugem reducere „velle conſultius eſt et fanaticorum multis helleborum qvam ſanam rationem medi-„catricem adhibere praeſtat."

„Ut curatius finem noſtrum perſequamur cavendum praecipue exiſtimo ne naturam „rerum diuerſa plane via perſequentes medici aut philoſophi cancellos ſui negotii „tranſiliant et quaſi polypragmoſyna quadam abrepti philoſophus medicum vel medicus „philoſophum agere velle videatur. Limites autem utriqve haud dubie ita conſtituuntur ut Medico competat animo aegrotanti per media corpori adhibita Philoſopho „autem corpori per mentis influxum opem ferendi."

[33]) Hier beginnt die zweite Seite.

[34]) Daneben am Rande: „affectus ganglia tanqvam clauſtra perrumpunt".

et animae elateribus a natura ipſi inſitis absque ullo voluntatis influxu. Hinc quanquam premat etiam animal in captivitatem redactum animae quaedam aegritudo tamen atra illa cura qua miſerum humanum genus affligitur ſolicitudinis expers fugit animal. Hinc impotentes animi motus quos affectus vocant in homine per vana imaginationis ludibria ſi non majorem impetum ſaltem longiorem durationem nanciſcuntur et intime pectus concutiunt. Hinc motuum tetrorum quos convulſiuos vocant et morbi caduci per imaginationis quoddam contagium com̄unio et etiam artificium quod proprie medici non eſt ſola vi imaginandi vel per varietatem impulſuum diſtracta vel aliunde avocata medicinam faciendi. Hinc aegri fiducia in medico poſita remediis vel debilisſimis robur addit.

Quod phreneticos attinet hos puto magis medicorum quam philoſophorum curae com̄endandos esſe quia mens ſede ſua mota parum ſentit mentis ſanae regulas ad quas ſentiendas requiritur ut ipſa ſit ſui compos et quia hunc morbum ut plurimum coñatum et ſtem̄ati inſitum deprehendimus aut ſi forte alia quaedam cauſa inciderit haec tamen viſceribus potius quam animi penetralibus inhaerere cenſenda eſt.

Vtrum omnia medicamina non niſi per vim ſentiendi et movendi animae totum corpus pervadentis et curantis opem ferant vt Stahlii eſt ſententia an qvoad maximam partem ipſorum vis ſit mere mechanica artis peritorum iudicium eſto. Verum utrum vis cogitandi humana praecipua quadam vi polleat qua ſuperat animantia bruta de hoc quaeſtio eſt philoſophi. [35])

---

[35]) Hier endet die zweite Seite; am Rande links stehen aber noch folgende Sätze:

„Forſitan ſomnus ipſe non a lasſitudine corporis pendet verum potius lasſitudo a „ſomnolenti [mot?]ibus vitalibus deſtituti (in organo ſenſorio) abſentia qvi mentem „omni conſcientia ſui privat facile ſomno ſepelitur.“

„Luſus et qvidem lucri cauſa inceptus mentem varie concutit.“

„Corporis motus a medico non philoſopho dicti aegroto corpus debilitant niſi „ſociali quadam delectatione condiantur et mentem bene afficiant“

„Fuit dialecticus qvi ita ſophismati cuidam incubuit continuo ardore ſolvendi „ut plane emarcuerit et plumbeis calceis indigeret.“

„In coena conducit corpori animum non ſolum ſolutum curis verum etiam ad „hilaritatem compoſitum ab omni cogitatione fixa ac ſtabili avertere. Cui inſervit „potisſimum confabulatio amica diſceptatio riſus potisſimum vel in cachiñum erum- „pens. Hic mens vim ſuam corpus intime vomentem [*sic!* moventem] exſerit Huttenii „epiſt. in Erasmum.“

³⁵)Regimen mentis quod Medicorum eſt conſiſtit ſolum in variis remediis quibus menti per curam corporis ſubveniri posſit et vel animi morbos pellere vel iminentes arcere et ſartam tectamqve ipſius ſanitatem ſervare posſint. Qvotiescunqve mediis animo immediate adhibitis ad mentem exhilarandam aut ad curarum levamen vel ad ſopiendos partim nonnunquam vero ad excitandos etiam affectus corpori aegroto ſubvenire et medicaminum ſalubrem efficaciam promovere molitur totius [sic!] Medicus agit Philoſophum quod quidem tantum abeſt ut vituperari posſit ut potius vix qvicqvam majori encomio extolli mereatur. Verum tale mentis regimen propie [sic!] non Medicorum ſed philoſophorum aut ſi mavis Medicorum non qua talium ſed ceu Philoſophorum vocandum ³⁷) erit. Nihilo tamen ſecius Regimen Mentis qvod Medicorum eſt ſatis late patet. Atrocisſima quae genus humanum circumveniunt mala vel qvae ipſam mentem ſede ſua movent qvod fit in Phreneticis vel in affectus praecipites agunt qvod accidit iracundis aut laſcivis aut rationis uſum eripiunt et qvod fit in bliteis aut captantes umbras per inane volitantes et aliqua cum rationis ſpecie inſanientes faciunt qvos Fanaticos appellamus vel quae mentem ſub nomine vel Melancoliae vel hypochondriae miſere torquent haec et plura mala regimini mentis qvod Medicorum eſt iure ſubiiciuntur quia quae in corpore potius quam mente quaerenda eſt mali ſcaturigo et menti venaeſectione aut catharctico remedio quam inſtitutione et argumentis opem ferre praeſtat.

Primo in cenſum venit almae et ſoſpitatricis Naturae per animam ad corporis ſalubritatem adhibita opera in ſtatu ordinario hominis ſani ſepoſito illo influxu praeternaturali cum affectus clauſtra perrumpunt qvibus natura mentem a motibus vitalibus arcere ſtuduit.

Corpus curare non eſt cuticulam qvod dicunt curare genio ſuo ſemper indulgere labores et moleſtias arcere qvod eſt hominis mollis et delicatuli ſed illud ceu demandatum nobis a natura pignus ſartum et incolume finiqve ſuo h. e. omnibus vitae negotiis tam ferendis moleſtiis quam exantlandis laboribus haud impar ſervare.

---

³⁶) Dritte Seite.
³⁷) Darübergeschrieben: „appellandum“.

Regimen corporis qvod philofophorum eſt vel regimen cuius leges dicunt philofophi cuilibet vel ex infima plebe vel qvo qvilibet philofophus tanqvam eruditus vitae fuae ipfe moderator eſt et quibus illum obtemperare necesfe eſt qvatenus eſt Philofophus h. e. vitam degens rerum perfcrutationibus intentam. Dari etiam poteſt lex regendae mentis medici quatenus medicinam facit qualis eſt qui [38]) mentem a motibus per mifericordiam liberam fervant 2c. [39])

[40]) Qvantum animus non folum curis folutus et ferenus fed lufibus aut jocis exagitatus et ad exhilarandam focietatem inito quafi certamine imo prope ad affectus confinia evectus fermocinantium ardor et contentio in coena functiones corporis vitales adiuuet coëpulantes quotidie experiuntur quibus large coenari [sic!] licet et vel fe ingurgitare ciborum copia qvorum dimidium folitarii non impune confumferint. Mira hinc mentis humanae concitatae vis in adaugendo corporis robore elucet dumodo intra fines animi fui compotis maneat. Simulac autem hos excesfit adeoque cancellos fanae rationis migravit incredibile eſt quanto impetu adoriatur et convellat vitale principium perrumpens forfitan quae Angli [41]) cuiusdam medici eſt fententia in affectus perturbatione clauſtra illa motus voluntarios ab influxu in organa vitalia arcentia quae nervorum ganglia vocantur. Confultum itaque eſt Philofopho

---

[38]) Urfprünglich hat geſtanden: „quales funt quae.“

[39]) Am Seitenrande:

„Primo mens foluta curis nec ut pronis et ventri obedientibus animantibus humo „tantum affixa pabulo qvodam ipfi convenienti nempe cogitationum varietate et „vicisfitudine quarum inops rodit cor et exedit ipfius corporis vires vitales aut fi „hoc iam vitio qvodam laboret qvod benefica natura iu negotiis fuis non turbata „facile emendatum foret mens huic aegritudini gravius incumbit et mala adauget. „Hinc necesfe eſt ut mens vel amoenitatibus exhilaretur vel laboribus diſtringatur.“

„Quid fit fomnus hoc una cum ignarisfimis ignoro et qui hoc naturae ad re„parandas vires inſtitutum artificium fe perfpicere putat iili audacter cum vate accino: „Qvod mecum nefcit folus vult fcire videri Mens vacans cogitationibus imergit nos ﬂ_mno et fomniis vicem vigiliarum fuſtinentibus.“

„Munus medici imediate corpus concernit nunqvam animam nifi mediante corpore „et cura ipfius. Si corpori fubvenire ſtudet medicus per vim animae tunc agit „Philofophum. Contra ea adminculum [sic!] corpori per animam praeſtitum.“

[40]) Vierte Seite.

[41]) Nämlich John Brown's, für dessen System Kant ein ganz besonderes Interesse hatte (vgl. oben Anm. 21).

omnibus qvorum vitae ratio mentem magis quam corpus intento cuidam negotio adftringit ⁴²) legem fcribere focialiter ⁴³) fi fieri poteft coenandi non folum quo animum otio reficiant fed etiam ut falubri mutuo fermocinantium impulfu identidem fvaviter comoveant praefertim quando corporis nutriendi cura habenda eft. ⁴⁴) Qvanqvam enim quae ventri folum indulget intemperantia maxime fugienda et ut apprime dicit Horatius corpus onuftum hefternis — —, tamen fapientia non nouercae inftar genium fuum defraudare et frugalitate tabefcere exigit. Sic Mendelsfohnium illuftrem Philofophum corporis utique variis infirmitatibus affectum ideoqve ad temperantiam ftrenue fervandam adactum tamen ne paruis et mox tranfituris tangeretur ftomachi moleftiis usque adeo abftinentem fuisfe audiuimus ut prope continuo efuriens animi qvidem ad ftudia apti incolumitatem fartam fervaret corporis autem vires ita labefactaret ut quae hominem femel faltim qvotidie quantum fatis eft nutritum vix tangeret injuria virum defideratisfimum temperantia nimia exhauftum convelleret et vivis eriperet.

⁴⁵) Rerum humanarum vicisfitudo qvicqvid molitur audax Japeti genus [firmo ftare talo nefcium voluitur per aeternos mutationum ordines non folum gentes et imperia fed etiam literarum ftudia vertigine fua implicat et circumagit: In gente Graeca a qua per Romanorum docilem induftriam tam artes ingenuas quam fcientias accepimus literarum ftudia absque legum auxilio magna ceperunt incrementa] ⁴⁶) verfat et circumagit irrequieto turbine nihilqve humani firmo ftare talo patitur. Hinc nec imperiis gentibusve nec moribus aut artibus partim liberalibus partim ufui comuni infervientibus non idem ftatus et color fed ne moles ignava torpeat aeterna vertigine volvitur et circumagitur." ⁴⁷) —

---

⁴²) Daneben am Rande: „Bewegungen ohne Gemüthsergötzlichkeit schaden."
„Die Verachtung der Reitze des Lebens ist das Mittel es zu erhalten Es ist „nicht die apathie der Gleichgültigkeit sondern der Gleichmüthigkeit mit allem Ernst „in pflichten aber mit Kaltsiñ im Genuss verbunden."

⁴³) Uebergeschrieben: „fodaliter".

⁴⁴) Am Rande: „Motus corpori per animam impresfi illud intime in principio „vitali male vel bene afficiunt. Hinc exfpatiatio folitaria non proficua."

⁴⁵) Der folgende Passus, den Kant felbft durch einen kleinen Strich von dem Vorhergehenden geschieden hat, steht mit diesem in keinem inneren Zusammenhang.

⁴⁶) Die in Klammern gesetzten Worte hat Kant im Manuscript durchstrichen.

⁴⁷) Hier bricht das Manuscript ab. Kant hat aber nach feiner Gewohnheit

Von weiteren Reden Kant's ist nichts bekannt. — Ueberblickt
man nun die hier aufgezählten, so fällt auf, dass es, ausgenommen
seine Predigtversuche als Student, akademische Reden sind und zwar
nur solche die er officiell halten musste: so die lateinische bei der

---

nicht nur den schmalen Seitenrand, sondern auch die Spatien oben und unten zu
verschiedenen Bemerkungen benutzt. So lesen wir oben Folgendes: „Qvodlibet omnia
„circum qvoqve trahit trahiturqve ab iisdem vicisſim. Solus omnium ſtator et
„conſervator eſt autor ſyſtematis non pars." —

Der Seitenrand trägt folgende Bemerkungen: „Quaeſtio prima: utrum mentis
„influxus etiam ad motus vitales reqviratur."

„An anima non ſolum ut ſenſitiva ſed etiam ut rationalis per arbitrium influat."

„Zuerst ist die auf sich selbst vornemlich den Körper gerichtete Aufmerksam-
„keit dem Körper nachtheilig unterhält die Krankheiten vornehmlich Krämpfe. Die
„auf das Gemüth gerichtete Aufmerksamkeit schwächt den Körper. Diarium obſer-
„vatoris ſui ipſius. Daher diſipation nützlich, zuletzt schlaf, der eine diſſipation
„durch Träume also motion ist ohne figirtes [sic!] selbstbewustseyn. Unterredung ist
„eine motion mit continuirlicher Zerstreuung. Innere Vorwürfe sind dem Körper
„sehr nachtheilig. Affecte die keine nachempfindung enthalten sind nützlich Sehn-
„sucht schädlich."

„Es ist die Frage ob nicht die zum Theil mühsame und ängstliche Träume nach
„einer Uberladung im Schlafe nützlich seyen." —

Das Folgende, den noch übrigen Seiten- und unteren Rand einnehmend, bezieht
sich nicht mehr auf das obige Thema:

„Wie der Zustand der Künste und Wissenschaften in Aegypten Persien und
„Indien gewesen darin [sic!] liegt uns nichts wir haben sie von den Griechen. Bey
„ihnen war Religion ohne Gottesgelehrte Gesetzgebung ohne Rechtsgelehrte und
„Arzte ohne Medicinische Wissenschaft alles war Gebrauch von tradition abstam̄end
„und durch Erfahrung verbessert. Wissenschaften waren nur Philosophie und Mathe-
„mathik die sich damals noch nicht verbunden hatten, die nur als Geistesübungen
„betrachtet wurden und auf jene bürgerliche Einrichtung keinen Einflus hatten.
„Die Christl: Religion hat das Verdienst dass sie sich mit der Philosophie und
„der Gantzen Weisheit der Alten vereinigen liess. Nun entsprangen theologie mit
„ihr philosophie auf Gesetze und Heilkunde angewandt. Doch waren diese drey
„die hauptwissenschaften weil sie zur Staats Wohlfahrt nöthig waren."

„Die Wissenschaften stehen so wie die Menschen unter der Vorhergehenden
„Bestim̄ung dass nachdem sie lange Zeit wie Wilde sich abgesondert angebauet
„haben sie zuletzt in Gesellschaft zuerst in kleine dann grössere zuſam̄en stossen
„bis sie endlich ein System bilden darin ein jeder Theil dem andern behülflich ist,
„ohne sich doch zu vermischen sondern ihre Grenzen genau von einander zu unter-
„scheiden wie Staaten die nicht in eine Univerſalmonarchie sondern zuletzt in einen
„grossen Völkerbund vereinigt werden der eine jede sich innerlich fruchtbar und
„wohlgeordnet macht und jede ein Centrum ist auf dessen Erhaltung sich die übrige
„[bezie]hen und keine mit Abbruch der andern wachsen kann. Bald verschluckte die
„dialectic bald die Theologie bald moral bald Gesetzgebung alles."

Magisterpromotion am 12. Juni 1755, so auch die etwaigen bei den Disputationen am 27. September 1755, am 10. April 1756 und am 21. August 1770; so ferner die Ansprache an den König am 18. Sept. 1786; so die Bewillkommungs- und Danksagungsworte an das Etats-Ministerium am 25. September 1786 und ebenso 1788; so endlich die lateinischen Reden bei Abgabe des Rectorats am 1. October 1786 und am 4. October 1788. Was von allen diesen unseres Wissens erhalten, haben wir oben angeführt; mehr aber als eine Uebersicht über die von Kant gehaltenen Reden und einen getreuen Abdruck der noch vorhandenen haben wir überhaupt nicht geben wollen.